U0081545

謝碧修 著
Poems by Hsieh Pi-hsiu

戴珍妮、戴茉莉 英譯
Translated by Jane Deasy,
Emily Anna Deasy

秦 佾 西譯
Translated by Chin Yi

圓的流動

The Flowing of Dots
·
El Flujo de Lunares

謝碧修漢英西三語詩集
Mandarin-English-Español

台灣詩叢・Taiwan Poetry Series 12

【總序】詩推台灣意象

叢書策劃／李魁賢

進入21世紀，台灣詩人更積極走向國際，個人竭盡所能，在詩人朋友熱烈參與支持下，策劃出席過印度、蒙古、古巴、智利、緬甸、孟加拉、馬其頓等國舉辦的國際詩歌節，並編輯《台灣心聲》等多種詩選在各國發行，使台灣詩人心聲透過作品傳佈國際間。接續而來的國際詩歌節邀請愈來愈多，已經有應接不暇的趨向。

多年來進行國際詩交流活動最困擾的問題，莫如臨時編輯帶往國外交流的選集，大都應急處理，不但時間緊迫，且選用作品難免會有不週。因此，興起策劃【台灣詩叢】雙語詩系的念頭。若台灣詩人平常就有雙語詩集出版，隨時可以應用，詩作交流與詩人交誼雙管齊下，更具實際成效，對台灣詩的國際交流活動，當更加順利。

以【台灣】為名，著眼點當然有鑑於台灣文學在國際間名目不彰，台灣詩人能夠有機會在國際努力開拓空間，非為個人建立知名度，而是為推展台灣意象的整體事功，期待開創台灣文學的長久景象，才能奠定寶貴的歷史意義，台灣文學終必在世界文壇上佔有地位。

實際經驗也明顯印證，台灣詩人參與國際詩交流活動，很受重視，帶出去的詩選集也深受歡迎，從近年外國詩人和出版社與本人合作編譯台灣詩選，甚至主動翻譯本人詩集在各國文學雜誌或詩刊發表，進而出版外譯詩集的情況，大為增多，即可充分證明。

承蒙秀威資訊科技公司一本支援詩集出版初衷，慨然接受【台灣詩叢】列入編輯計畫，對台灣詩的國際交流，提供推進力量，希望能有更多各種不同外語的雙語詩集出版，形成進軍國際的集結基地。

2017.02.15誌

目次

歪腰的郵筒

生成四四角角
青青紅紅的郵筒
掛著一號表情
沒人感覺有伊的存在

每工讀著咱的
快樂　憂愁　佮期待
24點鐘攏佇遐等待
汝睏袂去的暗暝
將心內的話寫佇芳芳的批紙
放佇伊的心腹內
伊將批攬佇心肝頂
維持燒燒的溫度
送予遠遠那個數念的人

蘇迪勒風颱神來之筆
大大共伊掃一下
煞敧敧真古錐
予神經繃絚絚（ân）的
予政治嘴涎噴滿面的
予「黑箱」罩到欲無望的
悶悶的生活中
有一個輕鬆的出口

當汝踦正正看甲真鬱卒的時陣
就頭敧敧換一個角度來看

2015.9

坐相偎

兩人身軀相偎
心靈有無

身心合一
只有在戀愛的時陣
將同款、尚好的
鋪排出來

家庭囝仔
將兩人縆縆牽作伙
身若陀螺
心若蠟燭

退休了後才有閒研讀
《婚姻是幸福亦半幸福》
都30冬了
甘著擱……

啊～

走入生命的秋天

只想欲共你坐相偎

恬恬看著

多變化的彩霞

2015.10

春天的落葉

綴春雨四界飄遊
落佇濕澹的路面
恬恬讀著
春天的心事
愣愣看著
無法度返去的青天

2016.3

小欖仁樹下

烏雲
相爭落來烘燒
雨聲
浸泡出茶葉的禪味
風聲
飄流恬靜的法語
你我
將話語放落佇遙遠的城市

2016.6

慢慢行佇淡水的詩情

一

行佇馬偕街
用敬重的跤步讀你的歷史
崎嶇歹行的道路
考驗一個人
你走過
阮麻欲跟綴

你帶著宗教家的情懷
佮西方醫術
診斷出這塊土地的欠缺
起學堂、病院、教堂
甚至回國募款
希望提高北台灣的素質
將愛佮關懷全心投入

你的精神
予我想起
佇你死了46冬以後
有一群落難的人
逃來遮只想欲佔有
講愛這塊土地
煞佇島嶼底挖空

對紅毛城看著
淡水河口迷惘的落日

二

踅來踅去淡水暮色
古老意象的風帆
佮現代創新藝術
作伙吟唱

紅樓的月夜
咱對伊唸詩
真理大學大禮堂管風琴聲響
咱對伊唸詩
大樹書房的清風中
咱對伊唸詩
遊艇水面綴牢牢
咱對伊唸詩
淺水灣的海邊
咱對伊唸詩

咱互相攬抱
相遇的心靈
無同款的
景色歷史人情味
充滿每個人的記持

2016.10

大貝湖

大貝湖鳥仔吱揪叫
引阮抬頭綴樹影搖
樹頂花蕊真艷紅
照著湖水來梳妝
阮沿湖邊寬寬仔行
享受春天的歌聲

大貝湖水紋紋仔笑
歡喜叫咱來迌迌
朋友相招來泡茶
話山話水話古今
手中茶香攪湖光
啉著感情久閣長

大貝湖水清清仔照
花開花謝恬恬送
流過九曲橋　彎彎曲曲（khiau）
親像這條人生路
湖頂水鴨來陪伴
一路搖搖到對岸

2018.8

離別

一

我惦惦看妳安詳的面容白蒼蒼
親像你看我囡仔嬰睏甜甜的幼紅

你用一片一片的尿苴仔
層層疊出我的年紀
我卻一片一片抽出
妳那來那弱的氣絲

我嘴內唸唱的阿彌陀佛
親像妳對我喃喃的搖囝仔歌

當阮大家陪伴佇妳身邊
月眉光下

妳煞輕輕揮手
向95冬的一生

二

火化時
禮儀師帶領家屬喊叫
「阿母，看著火你著緊走，綴菩薩去～」

阿母你寬寬仔行
予熱火
捨去衰弱的肉體
提煉出淨化的靈魂

三

思念妳
佇微微仔光的早起
迷賴佇眠床頂
感受攬抱妳的
溫暖

2019.1母逝滿月

旅人

夜燈
是旅人的心
亮黃了鄉思
隨道路延伸而去

走著　十月的夜晚
　　　十二月的風
冷涼了街道
冰透了心
哦！這走不完的燈
揮不去的鄉愁

那孤寂的街燈
是夜的另一雙眼
（也是她的）
夜夜不瞑目的
　　　追尋下去

我的第一首詩（1975）

蒙地卡羅

——人生是一場豪賭

下注吧
還有什麼好遲疑的
（怕輸得一無所有？）
今天屬於你的一切
明天，誰把握仍屬於你？

誰都可以站到這前面來
只要你肯將生命押上
常勝者未必就勝
常敗者未必就敗
富者不一定贏
貧者不一定輸
不管你是穿西裝咬雪茄
或是補綻衣漂水褲

啊！蒙地卡羅
我們唯一的世界
雖然，今夜我輸得
喝清冷的風，睡街頭廊下
但以前我曾似勝利女神
手擎揮霍的火炬
而以後，我不會是個勝利者
誰敢說?!

在急促的轉盤上下注吧
圓弧的變換無跡可循
把握住百萬分之一剎
轉盤一停止便是百分之一百的肯定
不管是贏或是輸

而不管你輸或贏
尚有明天未定
期望明天吧
下注
（直到你閉上眼睛仍未定）

1976.11

我們的歌

——為傷殘者而寫

這是神烙下的記號
因為祂知道我們能站起來
不管是用手走
或是用腳寫字
不管是用眼睛聽
或是用耳朵看
一分一秒的累積
由笨拙而熟練

高低不平的道路展現
我們面前充滿亂石雜草
跨出的第一步承載多少重量啊
　背袋裝滿
　父母的愛心
　師長的鼓勵
　朋友的關懷
　　（隻隻溫厚的手掌啊——）

衝破重重憐憫與不信任的關卡
縱磨破膝蓋摔破頭
也要走出一條路

工作
工作是我們的耕耘機
雖然我們不是運動場上的健將
雖然我們不是戰場上的衝刺者
但在輪椅上特製床上
在辦公廳在研究室裡
在大街小巷
我們是沉默奮鬥的一群
用我們的毅力
用我們的智慧

朋友
在血紅的荊棘中
在眾愛環繞之下
我們要站立成一座燈塔
在山谷
在海上
在平坦與不平坦的每塊土地上

1978.7

夜渡

在這人生的水域
我是一名靜默的擺渡者
雖然夜將沉寂
孩子
讓我們划向夜
黝黑的胸膛
探探它的鼻息
聽聽它的心跳聲

當所有燈光睡去
天空仍會有星光
孩子，別怕
有我在左右
為你掌舵

1984.8

家在哪裡

——記50年來最嚴重的莫拉克88水災

她指著畫面說
　這裡有家雜貨店
　後面那裡是派出所
　這邊是我阿姨家
　我家在比較後面那邊
　………………………

我看到的只是
　群山環繞山谷中
　一片土石流覆蓋（據報導說有三層樓高）
　灰濛濛的天空
　無語
　…………………………
　…………………………

2009.8.7下午開始豪雨兩天半
一整晚的雷雨

2009.8.8早上起
每天無時無刻盯著電視災情報導
真是不可思議的景象
　全台灣上百座橋梁斷裂
　眼看人車瞬間消失在惡水中
　太麻里溪潰堤沖走50餘戶人家
　荖濃溪潰堤4.5公里
　林邊溪堤防破了350公尺
　村內爛泥泡七天還無法清理
　多處堰塞湖潰堤
　土石流沖走河床上的原住民部落房舍
　土石流將峽谷中的村落填平
　10天了還無法統計死亡人數
　漂流木四處流竄
　覆蓋村莊的道路、民宅、田地
　阿里山森林鐵道柔腸290斷

柔腸寸斷的何止是災民的心
哀嚎聲環繞著電視機前的我們

台東知本溫泉的大飯店被沖倒了
廬山溫泉又被沖垮了
多納、不老、寶來等等等溫泉都被淹沒了
幾年來因休閒觀光努力營照出的榮景
回歸為零

是越域引水惹的禍？
是因為曾文水庫興建大量攔砂壩？
還是人類的貪婪？
對山林大地需索無度？

從10年前921大地震之後
受傷的大地
每年都以土石流提出警訊

那是它的血它的肉
我們人類仍無動於衷
現在它憤怒的奪去我們的骨肉、血汗

災民說
　家園要如何重建？
　重建在哪裡？
　自然山林？都市叢林？
　政府要我們做好撤離的準備
　但他為我們準備好了沒？
　如何療傷？如何營生？
　他為山林大地準備好了沒？
　如何水土保持、國土保護？

後記：88水災後每日與某些官員一樣從媒體獲知災情，心情沉痛之誌。

2009.9.1完稿

古巴組曲

一、古巴印象

我搭乘時光機器
來到一個十九世紀的國度
骨董車滿街跑
十八世紀西班牙的建築
鄉間綠野無際
牛群馬群悠閒在吃草
路上馬車跑來跑去
眾人說是共產鎖國
卻鎖住
我們難以找回的純樸

盛開繁茂的
白色風鈴紫色風鈴花
　常讓我驚喜
紅通通的鳳凰花
　遙想台灣唱驪歌的季節
路邊的扶桑花
　是我家鄉圍籬的燈仔花
整片的甘蔗園
　浮現我小時候去偷摘甘蔗情景
樹上一個小女孩歡喜吃著水果
　那有我的童年

不過，到處是
民族英雄切．格瓦拉的肖像
獨立之父荷瑟．馬蒂的塑像
紅星藍白條紋國旗
透露出集權的訊息

二、酒館會海明威

以朝聖的心情來到
佛羅蒂塔酒吧Floridita Bar
跟詩友喝著
您調製出來的黛伊基里酒Daiquiri
您喜愛的莫希多Mojito調酒
彌補無法去柯西瑪小漁村的遺憾

敬您
在熱情拉丁樂曲中
在充滿您影像的酒館中
聽您娓娓道來
當年的心情

三、相遇

綠鱷魚古巴
以凶猛的外表
鎖住
十八世紀的風景
單純的熱情

紅番薯台灣
柔韌隱抑的個性
仍無意中透露
歷經文明
複雜的心境

四、鐵窗風景

不是鐵幕單調的
直條橫條

加幾朵浪花
讓雲彩飛揚
鳳屏蝶舞
音符跳躍
畫個圓弧
拉尖角度
轉個圈

雖然物質缺乏
依然要加一些色彩
魅力四射

五、明信片

在古巴
看著滿街跑的古董車
看著到處矗立的十八世紀西班牙建築
在鄉下搖晃的馬車
一望無際的綠野
啊
我買一張古巴風情明信片寄給妳

在奧爾金參加文化節遊行
在拉丁美洲之家讀詩
一張古巴革命詩人馬蒂的卡片
黑底白字的情懷
啊
想要將它寄給妳

返回台灣2個月了
妳仍未收到明信片

網路有人說已寄出4年猶未見蹤影
可能須等待跨過那100多年
凍結的時光
就當作是「瓶中信」吧
留給以後的人
感受遙遠的浪漫

2014.6

古厝·巷道

當灰色洋房入侵紅磚地盤
才驚醒

彩繪在斑駁牆面納喊
這近百年棋盤式古厝群
只是庶民棲身之地
沒有權貴的浮飾
棟榔掃帚真是巫師的飛天帚？
會變出咱新的生活風貌？

午後的貓
懶洋洋俯臥在歷史的圍牆
沉思

記2014.12遊嘉義德興古厝社區

圓的流動

一、觀賞「草間彌生畫展」有感

從黑夜到黎明
小圓大圓
轉動妳灰暗的歲月
也轉動出
光燦的人生

是妳不願放棄自己
當所有的眼光撲殺妳
當所有的圓點擠壓妳
於是妳只好
不斷地給出一些位置
不斷的變換顏色
想要安撫
流動的躁動

並逃離
在一群異類中
尋求歸屬與先進
在你的夢中
總有異星球訪客

是妳為凡人開了心窗

2015.12

二、白屋

一間全白的房間
透露出冰冷訊息
那曾是你的心情嗎

邀請觀眾貼上
紅藍黃綠紫橘
大大小小圓點
越來越密
直到
白的窒息

妳想覆蓋的
是誰的白

2015.12

三、天梯

黑夜中
一道霓虹繩梯

看不到地底盡頭
是妳爬也爬不出來的深淵嗎

2016.3

四、側臉

不斷重複出現的一張
側臉
沒有眼睛
掉落在混亂的時空
想要辨認
僅剩交織的線條
唇　封存

2016.3

百合心事

我是台灣百合
名叫「福爾摩沙」
三月
是我盛開的季節

喜愛自由
在台灣趴趴走迎接春天
在嚴峻的高山上
在低窪的沼澤中
更能淬煉出
奔放的個性

柔柔靜靜的我
在白色小小心房
只有小小渴望
當我綻放
有清新的空氣

有涼澈的溪水
有燦爛的陽光

2016.2

油彩紀念碑

曾經
以不同顏色
彩繪你的眼
擠空自我
展演一齣人生舞台劇
百般姿態
萬種風情

最後仍以微小身段
留下不可磨滅的影像
不管曾經絢爛或灰暗
一切回歸
純　　靜

2017.10

山中紅櫻

妳帶來一支櫻花
插在窗前花瓶中
呼喚出
山谷中的故事

那年山中
我的孤寂
望見紅櫻兀自盛開
邀我起舞
在漫山翠綠中
風與陽光的圓舞曲
旋轉
紅櫻啊紅櫻
為何如此
不顧外在時空
堅持自己的精采

那鮮明畫面
迴盪在我十年歲月中的
低潮裡

2017.12

竹椅人生

請坐
且泡一壺茶
慢慢聽我細訴
椅面脈絡交織出的一生

我有優良的DNA
耐力、韌性
可以承載不同重擔
進入豪宅
體驗初成家的喜悅
轉入陋舍
嚐盡生活甘苦
在農村的廟埕
梳理阿公阿嬤的心事
在都會的公園
承接流浪漢的辛酸

我守口如瓶
最後被浮貼成畫

當你靜靜望著畫時
仍可默默回味
屬於自己的故事

2017.03

野柳女王

以朝聖的心情
望你

向海的臉頰
堅持不變的角度
你漸瘦的肩頸
再無法承受更多的愛恨情仇

突變的風雲
考驗你對這片海岸的愛　不離不棄

2018.11

獵寮

屋頂上引頸的勇士
遠眺壯闊神山
細讀雲霧傳遞的密碼
緊緊守護家園

面對雲霧
溫柔纏繞的面紗
獵寮小屋蘊藏原民的智慧
原住民子弟出走都市叢林
為拼經濟
我們走入翠綠叢林
為尋找心靈原鄉

走入曾受摧殘的山林
有些部落被迫遷移
翻山越嶺的那端
仍有祖靈守護

獵寮男女主人
呵護祖先留傳的古物
細述族群的歷史與智慧
不善言語的男主人Duuano
用充滿藝術天份的雙手
雕塑出屬於魯凱的靈魂

2019.1

愛玉子

神山賜予的愛玉子
細小如芝麻
堅硬外表內蘊藏柔軟的心
滿室微細心思
頻頻遺落
只有蘊含礦物質的泉水
才能搓揉出
透明的心事

2019.1

和平廣場

花蓮海濱步道上
通過曙光橋
亮眼的和平鴿
守望二二八紀念碑
碑前留有花束
悼念花蓮二百多位受難者

失蹤超過一甲子的遺書
終得見到家屬
解密的發霉檔案
是否能填補那生命中的空白

來敲響和平鐘吧
讓鐘聲響徹太平洋
第一聲鐘響
慰失語73年的冤魂
第二聲鐘響

慰歷經煎熬惶恐度日的家屬
第三聲鐘響
祈禱陽光蒸餾歷史真相
慰心靈浮動的大眾

2019.4

望海石

在七星潭堤岸
望向東邊太平洋
每天
記錄清晨第一道曙光

海風海浪常來戲弄
在我們身軀上留下痕跡
歷史的厚度
漸漸累積出
每一個不同的面貌

就是不願回頭望西
拒絕台灣海峽那邊
夕陽的刺眼彩霞
將我們藝術美麗形影
汙染成一片
暗紅

2019.4

出雲山

陰天
有點失望的心情

花東縱谷的山脈
邀請魔術師來表演
右手一揮
雲朵
左手一揮
雲河
雙手揮舞
雲彩帶不斷湧出

一聲一聲驚奇

2019.4

掃叭石柱

神祕和神話吸引人
繞來繞去的遊客
對我如謎的身世
探究
都懷疑如何搬動此巨石

站在舞鶴台地上
我也天天對著
紅葉溪谷發問
3000多年仍無真相
有如復活島的摩艾石像
有如英國的巨石陣

直線思考無法破解
曾經存在的人類智慧
只有大自然的力量
能主宰

2019.4

作者簡介

筆名畢修，台南市七股區人，現居高雄。國立空中大學社會科學系畢業。2006年自銀行退休後，從事社會服務工作。曾獲山水詩獎（1978）、黑暗之光文學獎新詩組佳作（2003）；現為笠詩社同仁、台灣現代詩協會會員，著有詩集《謝碧修詩集》（2007）和《生活中的火金星》（2016）。

英語譯者簡介

戴珍妮

生於愛爾蘭，長於台灣，現居溫哥華的中英文譯者，並為加拿大卑詩省翻譯者學會準會員，以及加拿大文學翻譯者協會（位於蒙特婁康考迪亞大學）會員。

戴茉莉

愛爾蘭科克大學亞洲語言學系對外漢語學碩士畢業。
西元1987年生。愛爾蘭籍。
曾居住台灣台北十五年，現居加拿大溫哥華。
加拿大卑詩省翻譯協會成員。
翻譯及同步翻譯經驗累積達十六年餘。

西語譯者簡介

秦佾，台南人，天主教輔仁大學西班牙語文學系碩士班研究所一年級

- 2019台北國際食品展西班牙肉品聯盟（INTERPORC）展館口譯人員
- 輔大之聲廣播電台—「天使佳音」節目製作主持人
- 2017/9-2018/6西班牙阿維拉天主教大學修業
- 哥倫比亞詩節譯者

【英語篇】
The Flowing of Dots

CONTENTS

The Leaning Mailboxes

Boxy and square
Red and green mailboxes
No expressions hang from their faces
No one feels their existence

Daily, they read our
Happiness, sadness, and expectations
They stand there 24 hours a day waiting
Waiting for your nights of insomnia
Write the words of the heart on fragrant stationary
Throw it into the depths of its heart
It embraces the letter in its breast
Maintaining the hot temperature
Sending it to the faraway person that is missed

The inspired touch of Typhoon Soudelor
Blew two mailboxes so hard they became bent

Looking at the world from a slanted angle, how endearing
Things that fray our nerves
Things that cause political saliva to spit across faces
Things that cause near-hopelessness due to under-the-table operations
In this melancholy life
All have an easy exit

When you take a hard look at the unhappiness and gloom of life
You might as well change your angle and look again

Sep. 2015

Nestling

Two people nestle tightly together
Are their souls the same or not

Bodies and minds are one
Only when in love
Is the most beautiful
Made manifest

Family and children
Firmly bind and contain the two together
Bodies like spinning tops spinning
Hearts like candles burning

Only after retirement was there time to study
《Marriage is happiness or semi-happiness》
It's already been 30 years
Is it still needed.....

Ah~

Walking into the autumn of life

I only want to nestle with you

To quietly watch

The changeful brilliant and colourful clouds

Oct. 2015

The Fallen Leaves of Spring

Following the spring rain, wandering about

Floating down onto the slightly wet and chilly surface of the road

Quietly reading through

The matters of spring's heart

Staring blankly at

The blue sky that cannot be returned to again

March 2016

Under the Little Indian Almond Tree

——A visit to Master Yuanyang at Sandimen in the wind and rain

Dark clouds
Compete to fall onto the scorching-hot land
The sound of the rain
Steeps the Zen aroma of the tea
The sound of the wind
Drifts a silent dharma chant
You and I
Leave language remain in the faraway cities

June 2016

A Stroll Through the Poetic Sentiment of Tamsui

——Remembering the 2016 Formosa International Poetry Festival in Tamsui

I

Making our way down Mackay Street

With reverent steps we read your history

Rugged, difficult-to-walk roads

Put a person to the test

You once walked here

We too want to follow

You brought the sentiment of a religious man

And western medicine

To diagnose the deficiencies of this land

To build schools, hospitals, churches

Even returning to your home country to raise funds
Hoping to improve the quality of northern Taiwan
Wholeheartedly investing love and care

Your spirit
Remind me that
Forty-six years after you passed away
There was a group of people that encountered great hardship
Who escaped to this land with only a desire to occupy
Their mouths professed their love for this piece of land
Yet they covertly eviscerated this beautiful island

Gazing at the faraway Fort San Domingo
The perplexed sunset at the mouth of the Tamsui River

II

Surrounding the Tamsui setting sun
Ancient-looking sails
And modern creative art
Sing full of deep emotion

The red building's moonlit night
We tenderly recite poetry
In Aletheia University's auditorium, amidst the sound of the pipe organ
We solemnly and reverently recite poetry
At Treehouse Study, amidst a refreshing breeze
We briskly recite poetry
Yachts cruise upon the surface of the Tamsui River
We tipsily recite poetry

Beside the sea at Qianshui Bay
We boldly recite poetry

We embrace each other
A meeting of souls
Joyfully storing
The various manifestations of
Scenery, history, a sense of humanity

Oct. 2016

Dabei Lake

The birds of Dabei Lake are chirping
Drawing my gaze up to rock with the tree shadow
The flowers on the treetops are such a red
Looking down and getting dressed up with the reflection of the lake
I walk slowly along the lakeside
Enjoying the song of spring

The water of Dabei Lake smiles
Happily calling one and all to come
Calling friends to drink tea
And talk of everything under the sun
The scent of the tea in the hand stirs the light on the lake
To drink brings up many emotions

The clear reflection on Dabei Lake

Flowers blossom and fall, a silent sendoff

Flowing past Jiuqu Bridge　winding and bending

Just like this road of life

The ducks on the water come to keep company

Following this shaky path to the shore on the other side

August 2018

Parting

I

In silence I look upon your pale and serene face
Just as you watched my red cheeks as I slept sweetly as an infant

You used diaper after to diaper
To build up my age, layer by layer
And one by one I took
Your weakening breaths

The prayer of 'Āmítuófó' in my mouth
Is like your singing lullabies to me

When we are by your side
Under the moonlight

You waved gently

To 95 years of life

||

During the cremation.

The ceremony leader led the family in a cry

"Mother, when you see the fire go quickly, follow Bhudda"

Mother, go slowly

Let the fiery heat

Engulf your weak body

Refining a purified soul

III

Missing you
In the gentle morning
Lying in bed
Feeling the warmth
Of embracing you

Jan 2019, One month after the passing of Mother.

The Traveler

The night light
Is the traveler's heart
It brightens homesickness with yellow
It follows the road and extends away

Walking along, an October night
December winds
Chill the streets
Freezing the heart through and through
Oh! One cannot finish to walking by these lights
A homesickness that cannot be brushed away

That lonely street light
Is the night's other set of eyes
(They are his too)
Night by night without closing his eyes
He continues to search

My first poem (1975)

Monte Carlo

——Life is a High Stake Gamble

Well, place a bet
What's the hesitation for
(Afraid of losing all and everything?)
Today, everything that belongs to you
Tomorrow, who can assure that it will still be yours?

Anyone can stand up here in front
As long as you are willing to bet on your life
The ever-victorious may not necessarily be victorious
The ever-defeated may not necessarily be defeated
The wealthy might not win
The poor might not lose
Whether you are wearing a suit and drawing on a cigar
Or if you're wearing patched clothes and old dyed pants

Ah! Monte Carlo
Our only world

Although, I have lost to the point of
Drinking the cold winds, sleeping under a porch on the street
But I was once like the Goddess of Victory
With an extravagant fire torch in my hand
And in the future, who is to say
That I will not be a victor?!

Well, place a bet on the rapid roulette wheel
The changes of the circular arc vanish without a trace
Grasp onto that one millionth of an instance
Once the roulette wheel stops it then is one hundred percent certain
Whether it is a win or a lose

And no matter if you lose or win
There is still tomorrow that remains undefined
Hope for tomorrow

Place a bet

(Until you close your eyes it remains undefined)

November 1976

Our Song

——Written for the disabled

This is a symbol branded by God
Because He knows we can stand up
No matter if it is to walk with our hands
Or to write with our feet
No matter if it is use our eyes to listen
Or to use our ears to see
An accumulation of seconds and minutes
From clumsy to practiced

The uneven roads display
A full mess of stones and weeds ahead of us
Oh how much weight does the first step we take carry
Backpacks filled with
  The love of parents
  The encouragement of teachers
  The care of friends
    (Oh every gentle and kind palm-)

Breaking through the many barriers of pity and mistrust
Even though knees become grazed and heads fall and break
A road of one's own must still be made

Work
Work is our cultivator
Although we are not master-sportsmen on the sportsground
Although we are not the sprinters on the battlefield
Yet on our wheelchairs and custom-made beds
In offices and in research labs
On big roads and small lanes
We are a group that strives in silence
Using our perseverance
Using our wisdom

Friend

Amongst the blood-red thorns

Surrounded by a great love

We need to stand up and become a lighthouse

In the valleys

On the sea

On every flat and uneven piece of land

July 1978

Night Crossing

In this waterbody of life
I am a silent ferryman
Even though the night is going to be quiet
Child
Let us row towards the night
A dark black chest
Detect its breath
Listen to the sound of its heartbeat

When all the light is asleep
The sky will still have starlight
Child, don't be afraid
You have me at your side
Taking the helm for you

August 1984

Where is the House

——in memory of the August 8th Morakot Flood,
the most serious flood in the last 50 years

She pointed to the picture saying
There is a grocery store here.
Behind there is the police station
Here is my aunt's house.
My house is nearer the back
....

All I see is
Mountains surround the valley
Covered by a stream of earth and stone (reported to be three stories high)
Gray sky
Speechless
....
....

Aug 7th 2009 heavy rain began in the afternoon and continued for two and a half days
A thunderstorm that lasted all night
Aug 8th 2009 in the morning
My eyes are locked to the disaster report on TV every day
It's an incredible sight
Hundreds of bridges break across Taiwan
Seeing the car disappear instantly into the water
Taimali Creek collapsed and washed away more than 50 homes
Laonong River overflowed 4.5 km
The Linbian River embankment broke 350 meters
The mud in the village could not be cleaned up in seven days.
Multiple lake barriers broke
Aboriginal tribe houses on the riverbed
Earth and stone flow fills the villages in the canyon
After 10 days, it is still impossible to count the number of fatalities

Driftwood flows around everywhere
Covering village roads, homes, fields
Alishan Forest Railway broke into 290 pieces
But it's the heart of the victims that is really broken up
Mourning sounds surrounds us who are in front of the TV

Taitung's Zhiben Hot Spring hotel was knocked down
Lushan Hot Spring was washed away
Hot springs such as Tona, Bulao, and Baolai were all flooded
The glory that had been built up year after year with tourism
Reduced to nothing

Was it caused by cross-border water diversion?
Is it because of the many Zengwen Reservoir sand dams?
Or because of human greed?
Our relentless taking from the mountain land?

After the 921 earthquake ten years ago

Injured land

Brings landslides to remind us every year

That this is it's flesh and blood

But we humans are still indifferent

Now in anger it has stolen our flesh and blood.

The victims said

How do we rebuild our home?

Where is the reconstruction?

Natural mountain forest? Urban jungle?

The government wants us to prepare for evacuation

But is it ready for us?

How can we heal? How can we make a living?

Is it ready for the mountain land?

How can we protect the soil and the land?

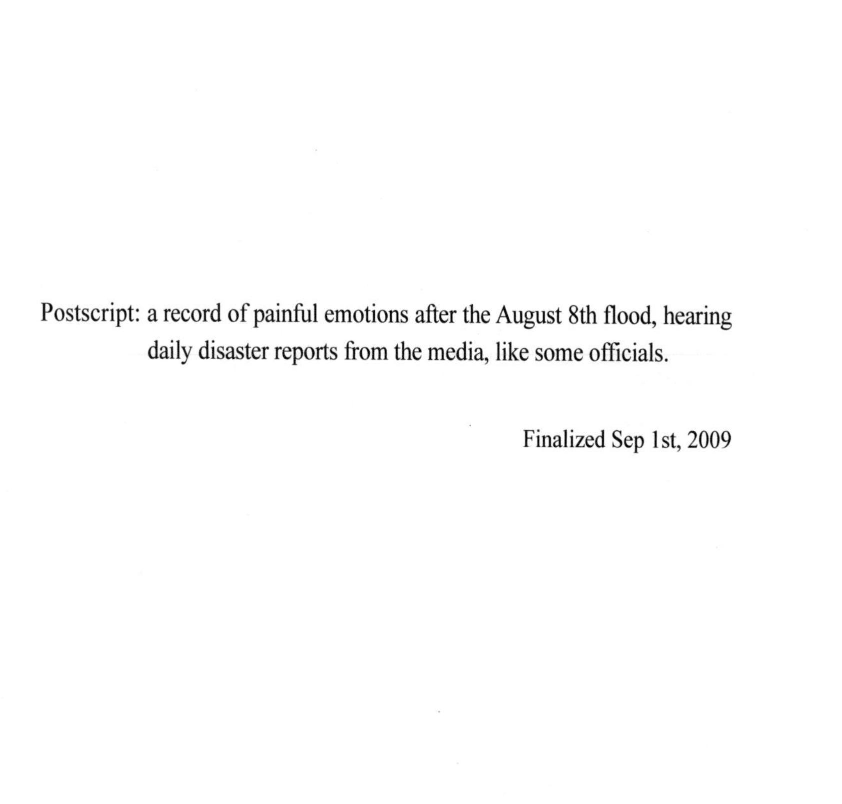

Postscript: a record of painful emotions after the August 8th flood, hearing daily disaster reports from the media, like some officials.

Finalized Sep 1st, 2009

Cuba Suite

I. Cuban Impression

I am taking a time machine
Arriving in a country of the nineteenth century
The streets are full of antique cars
Spanish architecture of the eighteenth century
Vast rural green fields
Herds of horses graze leisurely
Horse-drawn carriages going back and forth
Everyone said that it was a locked communist country.
But locked inside it
Is the simplicity that we struggle to find again

Blooming

White wind chimes purple bellflower

  Often surprises me

Red phoenix flower

  I miss the season of farewell songs in Taiwan

Roadside hibiscus

  Are the flowers of my hometown fence

A whole field of sugar cane

  I see a vision of when I would steal sugar cane as a child

A little girl on the tree is happily eats fruit

  My childhood is there

However, visible everywhere

Are portraits of the national hero Che Guevara

The father of independence José Martí's statue

Red star blue and white striped flag

Revealing the message of centralized power

II. Meeting Hemingway in a Pub

Coming as if on pilgrimage
To Floridita Bar
Drinking with poet friends
The daiquiri that you have prepared
Your favorite Mojito cocktail
Make up for the regret of not being able to go to the small fishing
village Cojimar

Honoring you
With passionate Latin music
In a pub full of your images
Listening to your voice
The sentiments of that year

III. Meeting

Green crocodile Cuba
With a fierce appearance
Locks in
Eighteenth century scenery
Simple passion

Red sweet potato Taiwan
Flexible and covered personality
Yet unintentionally revealing
The complex mood of
Experiencing civilization

IV. Scenery of a Barred Window

Not a dull iron curtain

Down and across

Add a few waves

Let the clouds fly

The butterfly dances

The music notes jump

Draw an arc

Pointed angles

Turn in a circle

Although materially scarce

Some color still has to be added

Full of charm

V. Postcard

In Cuba

Watching the antique cars running around the street

Looking at the eighteenth century Spanish architecture standing tall

Shaky horse-drawn carriages in the countryside

Green fields as far as the eye can see

Ah

I bought a Cuban postcard and sent it to you

Taking part in the cultural festival parade in Holguin

Reading poetry in a Latin American home

A card of the revolutionary Cuban poet Martí

Feelings written in black and white

Ah

I want to send it to you

Back in Taiwan for two months now
You have still not received the postcard

Some people on the internet say that they sent one four years ago
and have not yet seen it.
More than one hundred years may have to pass by
Frozen time
Just see it as a letter in a bottle
Reserved for the people of the future
To feel the distant romance

June 2014

Historic Homes · Roadways

It was when the grey Western-style houses started to invade the red brick floor
That I awoke startled

The paintings on the mottled wall cried out
For almost one hundred years this community of historic homes laid out like a checker board
Has simply been a place for the people to live
No luxurious embellishments
Is the areca palm broom really a wizard's flying broom?
Will conjure for us a new look of life?

A cat in the afternoon
Lazily curled up on the walls of the past
Deep in thought

A record of touring the historic homes community of Dexing in Chiayi, Dec 2014.

The Flowing of Dots

I. Thoughts after viewing the Yayoi Kusama Painting Exhibition

From the darkness of night to daybreak
Small dots, big dots
Spun your gloomy grey years
And spun out
A bright and brilliant life

It was you who were unwilling to give up on yourself
When all eyes of judgment pounced on you to kill
When all the round dots compressed you
As a result you were obliged to
Continuously give up some space
Continuously change colors
You wanted to placate

The restless flowing movements
And to flee
Among a group of outsiders
You searched for belonging and advancement
In your dreams
There were always visitors from different planets

It was you who opened the window of the heart of mortal man

December 2015

II. White House

An entirely white room
Reveals an ice-cold message
Was that once how you felt

Inviting the audience to stick

Red, blue, yellow, green, purple, orange

Big and small round dots

Denser and denser they become

Until

The white suffocates

Whose white

Is it you want to cover over

December 2015

III. Sky Ladder

In the midst of a dark night

A neon rope ladder

Cannot see the end surface of the ground

Is it an abyss that you can't climb out of even if you tried

March 2016

IV. A Face in Profile

A continuously, repeatedly appearing

Face in profile

With no eyes

Falling into tumultuous space and time

That wants to identify

The lines that remain intertwined

Lips, seal

Age-old secrets

March 2016

Matters of the Lily's Heart

I am a Taiwanese lily
Named 'Formosa'
March
Is my blooming season

I love freedom
I walk around Taiwan welcoming spring
On the harsh high mountains
In the low-lying swamps
More ebullient personality
Can be tempered

Soft and silent me
In the white little atrium of the heart
With only small yearnings
Once I blossom
There be fresh air

There be cool and clean streamwater

There be bright and brilliant sunshine

February 2016

Oil Color Memorial

Sometime ago
Used different colors
To paint your eyes
It squeezed and emptied the self
To show a stage drama of life
Every kind of gesture
Ten thousand customs and bearings

In the end, still, with a slight figure
Indelible images are left behind
No matter whether it was once splendid or gloomy
Everything returns to
Pureness, quietness

January 2017

Red Cherry Blossoms in the Mountains

You brought a cherry blossom
And stuck it in the vase in front of the window
It summons forth
The stories of the valley

That year in the mountains
My loneliness
Gazed upon the still-blooming red cherry blossoms
And invited me to dance
In the vast jade green of the mountains
A waltz of the wind and sunlight
Revolved
Red cherry blossoms, o red cherry blossoms
How
Without giving thought to external time and space
Do you adhere to your own splendor

That vivid picture

Reverberates through my ten years of

Low tides

February 2017

Life of bamboo chair

Please be seated
Let's brew up a pot of tea
And listen to me carefully
The texture of chair weaves one's life

I have good DNA
Endurance, toughness
Can carry the various weights
Enter a luxury house
Experience the joy when married
Turn into a humble house
Taste the sweetness and bitterness of life
At the temple yard of the countryside
To run through the minds of grand parents
In the park of urban city
To take the bitterness of the tramp

I am tight-lipped
And was finally attached as a picture

When you look quietly at the painting
You still can recall silently
Your own story

March.2017
Tra: Catherine Yen

Yehliu Queen

With an attitude of pilgrimage
Looking to you

With your cheek against the sea
At a constant angle
Your tapering shoulders and neck
Can no longer hold up the love and the hate

The changing wind and clouds
Test your love for this coast. never leaving and never abandoning

November 2018

Hunting Shelter

The warrior on the roof strains his neck
To see the great far-off mountains
Peruse the code sent by the clouds
Guarding securely his home

Facing the clouds
A veil that is gently winding
The little hunting shelter contains the wisdom of the first peoples
Aboriginal children leave to the urban jungle
To fight for a living
We walk into the green jungle
Looking for the hometown's soul

Walk into the once devastated forest
Some tribes were forced to migrate
The other side of the mountain, over the hills
Still has protection from the ancestors

The male and female hosts of the hunting shelters
Protect the antiques left behind by their ancestors
Detail the history and wisdom of the tribe
The male host Duuano does not speak much
Uses his hands which are full of talent for art
To sculpt a soul that belongs to the Lukai

Jan. 2019

Aiyu Seeds

Aiyu seeds given by the mountains
As small as sesame seeds
A hard exterior hides a soft heart
A roomful of detailed thoughts
Keeps getting left behind
Only the mineral-rich spring water
Can rub and reveal
Transparent thoughts of the heart

Jan. 2019

Peace Park

A seaside trail in Hualien
Over the Shuguang Bridge
The bright-eyed peace doves
Keep watch over the 228 monument
Bouquets of flowers left in front
Mourning Hualien's over two hundred victims

The last will and testimony that has been lost for sixty years
Finally reaches the hands of loved ones
The moldy files for decryption
Can they fill in the life's void

Come and ring the bell of peace
Let it ring over the whole Pacific
First bell
Consolation for 73 years of lost souls
Second bell

Consolation for the family who have lived through fear and hardship

Third bell

A prayer that the sun will distill the truth from history

To comfort the floating hearts and minds of the people

Apr. 2019

Seaview Rock

On the shores of Chishing beach
Looking toward the Pacific in the East
Each day
I record the first ray of morning light

The sea air and waves often come to tease
And leave marks on our bodies
The thickness of history
Slowly builds up
Each unique appearance

I will not look back toward the West
Refusing the glare of the setting sun
On the side of the Taiwan Straight
Polluting our artistic image of beauty
Into a vast
Dark red

April 2019

The Mountain Emerging from Cloud

Gloomy day
Slight disappointment

The mountain range of East Rift Valley
Has invited a magician to perform
With a wave of the right hand
Clouds
With the wave of the left
A cloud river
Both hands dancing in waves
Streamers of clouds endlessly come forth

Sound after sound of awe

April 2019

Saoba Stone Pillars

Mystery and folklore attract people
The tourists mill about
My life has been an enigma
They look
And try to figure out how these giant rocks were moved

Standing upon the Satokoay land
I face every day
The questions from Red Leaf Valley
Still no true answer after 3000 years
Like the Moai on Easter Island
Like the Stonehenge in England

Linear thought cannot crack the code
Of the human wisdom from of old
Only the power of nature
Can master

April 2019

About the Author

Hsieh Pi-hsiu, graduated from Department of Social Sciences, National Air University and now lives in Kaohsiung. After retirement from the bank in 2006, she has been engaging in Non-Profit Organization social service work so far. She won Landscape Poetry Prize in 1978 and "Light in Darkness" Poetry Prize for Literature in 2003. At present, she is a member of Li (Bamboo Hat) poetry Society and Taiwan Modern Poetry Association. Her books include 《Collected poems of Hsieh Pi-hsiu》(2007) and 《The Sparks in the Life》(2016).

About the English Translator

Jane Deasy

Jane Deasy is an Associate Member of The Society of Translators and Interpreters of British Columbia and a Member of the Literary Translators' Association of Canada (Concordia University, Montreal)

Emily Anna Deasy

Emily Anna Deasy was born in Ireland in 1987, and has almost sixteen years of translation and interpreting experience. Emily spent fifteen years of her live living in Taipei, Taiwan. She received her master's degree in TCSOL (Teaching Chinese to Speakers of Other Languages) from University College Cork, Ireland, and is a member of the Society of Translators and Interpreters of BC, Canada, where she currently resides.

【西語篇】
El Flujo de Lunares

CONTENIDO

Los Buzones que Doblan La Cintura

Cuadrados

Rojos y verdes los buzones son

Con cara de pan

Nadie se da cuenta de sus existencias

Nos leen todos los días

La alegría,la tristeza y la esperanza

Allí están de pie esperando 24 horas

La noche cuando estés con insomnia

Escribir una carta aromática llena de palabras en el fondo

Y echarla a su cuerpo

La abrazarán

Para mantener la temperatura

Y enviársela a las personas lejanas a las que echamos de menos

Fruto de la magia de Tifón Soudelor

Los dos buzones doblan la cintura

Lo lindo que es ver la vida a la manera inclinada
Esto permite que
en la vida con angustia y nerviosa,
Desesperada debido a la operación debajo de la mesa
Llena de palabrería de la política
haya una salida relajante

Cuando estás deprimido por ver en serio la vida
¿Por qué no la ves desde otro punto de vista?

2015. 9

Juntos

Dos personas están juntas

¿Pero también su corazón y su alma?

La unidad de corazones y cuerpos

Muestra

lo más bonito

Solo cuando enamorados

La familia

une a dos personas fijamente

El cuerpo gira como un trompo

El corazón quema como un blandón

Después de jubilarse tenemos tiempo para estudiar

《El matrimonio es felicidad y semi-felicidad》

Ya pasaron 30 años

¿Haría falta.... ?

¡Ah!

Entrando en el otoño de la vida

Solo tengo ganas de quedarme contigo

Mirando tranquilamente

Las nubes rosas variadas

2015.11

Hojas Caídas en La Primavera

Deambulan con la lluvia de primavera
Se caen en la calle un poco mojada que tirita
Leyendo el corazón
de la primavera
Mirando con la mirada perdida
el cielo que no puede deshacer

2016.5

Debajo del Terminalia

——Visita al monje Yuan,Yang en Sandimen en la lluvia

Las nubes negras

Luchan por caer en la tierra caliente

El sonido de la lluvia

A té le sale empapando Chán

El sonido del viento está

Llevando las palabras de budhismo silenciosas

Tú y yo

Dejamos el idioma en una ciudad muy extrema

2016.6

Deambulo en Tamsui

——Nota sobre el festival internacional de poema Formosa en Tamsui en 2016

I

Ando por la calle de MacKay
Te leo la historia con los pasos respetuosos

El camino escabroso
Examina a una persona
Pasaste
Tenemos ganas de seguirte

Con los sentimientos de pastor
Y la medicina occidental
Diagnosticó la escaza de esta tierra
Edificó las escuelas , los hospitales y las iglesias

Incluso regresó a tu patria para recaudar
Esperaba subir la calidad de la vida del norte de Taiwán
Se le dedicaba el amor y los cuidados

Tu espíritu
Se me ocurre que
A los 46 años de tu fallecimiento
Un grupo de personas con gran dificultad
Escapó hasta aquí solamente con el fin de ocupar
Dijo que amaba dicha tierra
En cambio, vacía secretamente la isla bonita

Miro de lejos El Fuerte de Santo Domingo
Y la puesta del sol desorientado situado en la desembocadura de Río
    Tamsui

II

La vela con imágenes antiguas
Que rodea el ocaso en Tamsui
Con el arte contemporáneo y creativo
Canta con emoción fuerte

La noche de Hong, Lou (un restaurante ubicado en Tamsui)
Recitamos el poema tiernamente
En el sonido del órgano en el auditorium de la Universidad Aletheia
Recitamos el poema silenciosamente
En el viento fresco de árbol como estudio
Recitamos el poema como andante
El yate va lento en el Río Tamsui
Estamos ebrios recitando el poema

Por el mar de Chien, Shui-Wan (una playa en Nueva Taipéi)
Recitamos el poema épicamente

Nos abrazamos
Los corazones que se encuentran
El depósito de alegría
Los paisajes, la historia y la simpatía
variopintos

2016.10

Lago Chengcing

Los pájaros en el Lago Chengcing cantan
Me sube la cabeza, moviéndome con las sombras de los árboles
Las flores arriba son rojísimas
Me veo en el agua para peinarme
Camino lento a lo largo del lago
Disfrutando del canto de primavera

El lago sonríe
Y nos llama a viajar
Y a tomar té con amigos
Hablamos de todo
El olor de té en la mano mezcla con el lago
Tendremos la relación larga después de beberlo

El reflejo claro del lago

Despide silenciosamente todo el año

Pasa por el Puente Chiu,Chu

Zigzag como la vida

Los patos nos acompañan

Hasta otro lado

2018.9

Despedida

I

Te veo la cara pálida y tranquila sin decir nada

Como si me vieras las mejillas rojas en el sueño cuando era bebé

Tú me apilas la edad

Con los pañales

Pero te quito los respiros

Cada vez más débiles

“Amitābha”que canto

Es como la nana que me cantaste susurrando

Mientras nos quedamos contigo

Bajo la luna

De los años de 95

Te despidiste

II

Durante la cremación

El director de funeraria grita con los familiares

"Mamá, vete con Buda al ver el fuego"

Te vas despacio, mamá

Deja que el calor

Devore tu cuerpo débil

Perfeccionándote el alma purificada

III

Te echo de menos

En la madrugada con poca luz

Me tumbo en la cama

Sintiéndo el calor

Cuando nos abrazamos

2019.1 un mes después del fallecimiento de mi madre

Pasajeros

Las lámparas de la calle
Se tratan de los corazones de pasajeros
Que brillan la nostalgia yéndose
A lo largo del camino

Andando en las noches de octubre
El viento de diciembre
Enfría la calle y
Hiela el corazón
¡Ah! Estas lámparas sin fin
La nostalgia que no se dispersa

Esa farola solitaria
Es otros ojos de la noche
(También suya)
sin pegar cada noche
        Sigue buscando

Mi primer poema (1975)

Montecarlo

——La vida es una apuesta

¡Aposta!

¿ Qué sospechas tienes?

(¿ Tienes miedo a perder todo?)

Hoy lo que pertenece a ti

¿Quién insiste en que todavía todo va contigo mañana?

Todos pueden adelantar

Solo tienes ganas de empeñarte la vida

El venecedor no va a vencer siempre

El perdedor no va a perder siempre

Los ricos no ganan absolutamente

Los pobres no pierden absolutamente

No importa que lleves traje y fumes cigarro

O que vengas con ropa mala

¡Ah¡ Montecarlo

Es el único mundo que tenemos

Aunque esta noche perdí tanto
Que comí el viento frío , durmiendo bajo corredor
Pero había sido yo como una vencedora
Con la antorcha en la mano
Y, no seré la ganadora
¿ Quién se atreve a decirlo?

¡Apóstate en la placa giratoria corriendo rápido!
Los cambios la curva no tienen huellas
Captura el instante de partes por millón
En cuanto se para la placa te sale el resultado
No importa que ganes o pierdas

Pase lo que pase

Tienes mañana incierta

¡Espera mañana!

Aposta

(Hasta que pegues los ojos)

1976.11

Nuestra Canción

——escrita para los heridos

Este es la marca herrado por Dios
Es que sabe que nos poedemos levantar
No importa que andemos con la mano
O escribamos con los pies
No importa que escuchemos con los ojos
O miremos con las orejas
Poco a poco
De lo patoso a maestro

El camino sacudido muestra que
Nos enfrentamos a las piedras y a la maleza
¡Qué pesado el primer paso que damos!
La maleta llena de
Amor de padres
Ánimo de profesores
Preocupaciones de amigos
(Las palmas calentitas ygruesas)

Rompen cada dificultad de compadecimiento y de desconfianza
Aunque tengo la rodilla pelada y la cabeza rota
Voy a encontrar una salida

El trabajo
El trabajo es nuestro cultivador
A pesar de que no somos atletas en el campo
A pesar de que no somos pioneros en la guerra
En la silla de rueda y en la cama a medida
En la oficina y en el despacho de investigación
En cualquier lugar
Somos un grupo que lucha silenciosamente
Con nuestra paciencia
Con nuestra sabiduría

Amigos

En el arbusto espinoso ensangretado

En el amor que nos rodea

Vamos a estar de pie como un faro

En las valles

En el mar

En cada tierra llana y rugosa

1978.7

Cruzar por La Noche

En el agua como la vida

Soy capitán silencioso de trasbordador

Aunque la noche se va a hundir

Hijo mío

Vamos a remar hacia la noche

Que es un pecho moreno

Detectándole el olfato

Escuchándole latidos

Cuando se quede dormido toda la luz

En el cielo hay luz de las estrellas

Hijo mío no tengas miedo

Me quedo contigo yo

Navegando por ti

1984.8

¿Dónde Está La Casa?

——Historia de la inundación más grave en los últimos 50 años causada por Tifón Morakot

Ella apuntó la pantalla diciendo
Que por aquí había una tienda de abarrotes
Detrás estaba la comisaría de policía
Y aquí estaba la casa de mi tía
Tuve la casa más allá
....

Lo que vi fue solo
Las montañas rodearon las valles a las que
el flujo de lodo tapó(el reortaje dijo que tuvo la altura de tres plantas)
El cielo gris
No tuvo palabras algunas
....
....

2009.8.7 Empezó a diluviar por la tarde durante dos días y medio
La tormenta duró la noche entera
2009.8.8 Por la mañana
Fijaba mis ojos en las noticias de la tele todos los días a todas horas
¡Qué increíbles las escenas!
Más de cien puentes estaban rotos por toda la isla
Viendo que las personas y los coches desparecieron de repente en el agua mala
El influjo de Río se derramó y se llevó más de 50 residencias
El Río Laonong se derramó 4.5 kilómetros
La presa del Río Linbian se
rompió 350 metros
El pueblo estuvo en barro durante siete días
Muchas represas de corrimiento rompieron
Los corrimientos de tierra fluyeron viviendas indígenas en el cauce
Llenando pueblos situados en las valles

Ya pasaron 10 días pero aún no podía contar los difuntos
Las maderas de deriva recorrieron
Las carreteras, los hogares y los campos que taparon las villas
Los ferrocarriles de Alishan estaban destruidos
Lo que estuvo roto no solo los corazones de víctimas
Sino también nosotros sentados delante de la tele que circularon nuestros gremidos

El hotel del fuente termal Ziben en Taitung se derribó
El Fuente Lu,Shan otra vez se derrumbó
Los fuentes To-na, Pu-Lao y Pao-Lai estaban sumergidos
La prosperidad que tuvimos por el turismo en los últimos años
Se fue

¿Por la culpa de sacar el agua de otra zona?
¿O debido a muchas presas de arena construidas en el embalse Zengwen?

¿O porque los seres humanos golosos
Abusan del campo constantemente?

Después del terremoto de Chichi que sucedió hace 10 años
La tierra herida
Advierte con los corrimientos de tierra cada año
Esos son su sangre y carne
Nosotros los seres humanos todavía no le hacen caso
Ahora msimo nos quita todo furiosamente

Los afectados dijeron
¿Cómo se reconstruirían las casas?
¿Y dónde?
En las montañas o en las junglas urbanas
El gobierno nos pide que estemos dispuestos a evacuar
¿Pero nos ha preparado?
¿ Cómo curarnos y sobrevivimos?

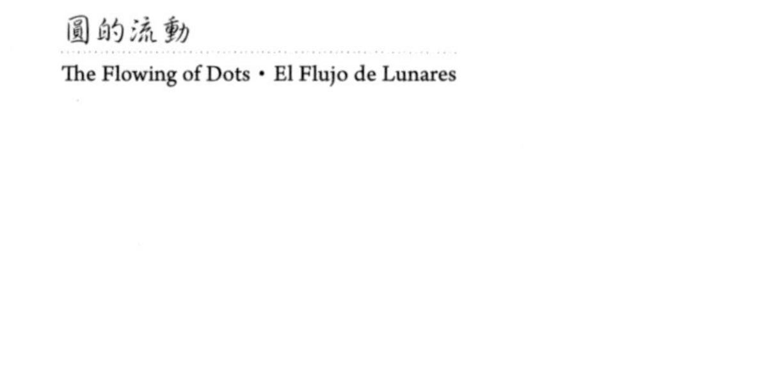

¿Por el medioambiente

Ha hecho la sostenibilidad y la protección del terreno nacional?

P.D.: nota después de enterarme del desastre por la tele como algunos políticos

Terminada el 1.9.2009

La Suite Cubana

I. Las Impresiones Cubanas

Vengo a un país del siglo XIX

Con la máquina de tiempo

Corren por la calle los coches antiguos

La arquitectura española del siglo XVIII

El campo verde sin frontera

Las vacas y los caballos están comiendo con tranquilidad

Los carros circulan por plena calle

Dicen que se cierra el país por el comunismo

En cambio se cierra

La sencillez que nos cuesta reencontrar

Las flores de campánula blancas y moradas que
florecen
   Me dan sorpresa con frecuencia
Las flores de framboyán rojísimas
   Piensan en la estación en la cual se canta la"Despedida"
Las rosas de China situadas en el borde del camino
   Son las cayenas en las cercas de mi casa
En todo el campo de cañas
   Se me ocurre la escena cuando robé las cañas cuando era pequeña
Había una chica que aprovechó las frutas
   Allí tengo mi niñez

Sin embargo, en todas las partes
están las figuras de Che Guevara, el héroe nacional
Y del padre de independista José Marti
La bandera nacional que tiene estrellas rojas y rayas azules y blancas
Revela los mensajes de totalitarismo

II. En Un Bar con Hemingway

Vengo a Floridita

Como un peregrino

Con unos amigos aficinados a poema

Tomando Daiquiri que ha hecho usted

Mojito que a usted le encanta

Compensa la lástima que no pudiera ir a Cojimar

Para usted

En la música latina con entusiasmo y

En el bar lleno de tus imágenes

Le escuchamos

lo que sintió ese año

III. Encuentro

El cocodrilo verde, Cuba

Con la cara violenta

Encierra

La pura entusiasta

Del paisaje del siglo XVIII

La batata roja, Taiwán

Que es discreta y tierna

Sigue revelando accidentalmente

El humor complicado

Por la historia que hemos pasado

IV. Las Ventanas con Rejas de Hierro

No son líneas rectas y horizontales aburridas
Como ventanas

Añadir unas espumas del mar
Deja que las nubes vuelen
Que la tela con decoraciones de fénix baile como mariposa
Y que las notas salten
Dibujar un arco
Hacer tirando un ángulo
Dar la vuelta

A pesar de que hay falta de sustancias
Aún ponen unos colores
El encanto lanza a todas partes

V. La Postal

Estoy en Cuba
Viendo que muchos coches antiguos corren por la calle
Y la arquitectura española edificada del siglo XVIII por todas partes
Las carruejas sacudidas en el campo
La tierra verdor sin fronteras
¡Ah!
Compro una postal con estilo cubano y te la envío

Participo en la fiesta de la cultura en Holguín
Recito poema en la casa de Latinoamérica
Una carta de Martí
Los sentimientos de fondo negro y letras negras
¡Ah!
Tengo ganas de enviártela

Llevo dos meses　en Taiwán
Todavía no has recibido la postal

Dicen que llevan cuatro años sin ver la enviada
A lo mejor hay que esperar a que pasen cien años
Que son el tiempo congelado
Como un mensaje en una botella
Se deja a las personas que vienen
Para que sientan el romance lejano

2014.6

Casas Antiguas y Callejones

Cuando las casas de estilo occidental invaden el suelo de ladrillos rojos
Se despierta con asusto

Los dibujos coloridos están gritando en la pared moteada
Estas casas antiguas ordenadas como tablera de ajedrez en los
últimos cien años
Tratan de un lugar donde habita el pueblo
Sin bajorrelieves lujosos
¿La escoba hecha de la Palma Taiwanesa es la de bruja de verdad?
¿Nos va a salir un nuevo estilo de vida?

Por la tarde
El gato vago se tumba en el muro histórico
Meditando

Nota de un viaje por la comunidad DE, Xing de las casas antiguas en Chiayi

2014.12

El Flujo de Lunares

I. Comentario sobre las exposiciones de Yayoi Kusama

De la noche al amanecer
Los lunares pequeños y grandes
Te circulan la etapa oscura
también
La vida espléndida

Eres tú mismo quien no tiene ganas de arrepentirse
Cuando te matan todos los ojos
Cuando te comprimen todos los lunares
Entonces lo que haces es
No dejar de dar más espacios
Y de cambiar los colores
Para consolar
La inquietud flotando

Y salir escapando

En un grupo de foráneos

Buscas las pertenecias y los avances

En tu sueño

Siempre hay visitadores de otro planeta

Quien les abre la mente a los mortales eres tú

II. Casa Blanca

Una casa completamente blanca

Revela los mensajes fríos

¿Estos son cómo te sentías?

Invita a los espectadores a pegar los lunares

Rojos, azules, amarillos, verdes, morados, del color naranja

Grandes y pequeños

Más y más densos

Hasta que

se ahogue el blanco

De quién es el blanco

Que quieres tapar

III. Las Escaleras desde El Cielo

En la noche

Una escalera de neón hecha de cuerda

no ve el final de la tierra

¿Se trata de la profundidad de la que no puedes salir?

IV. Rostro

Se repite

Una cara

sin ojos

Cae en el tiempo desordenado

Queriendo distinguir

Las líneas entretejidas que quedan

Los labios requisan

los secretos antiguos

2015.12

Las Preocupaciones de La Azucena

Soy azucena taiwanesa
Me llamo "Formosa"
Marzo
Es el mes en el cual florezco

Me gusta la libertad
Viajo por Taiwán, abrazándo la primavera
Me encuentro en las montañas empinadas
Y en el pantano bajo
Me purifica más
La personalidad salvaje

La persona tierna y callada soy yo
En el corazón pequeño y blanco
Solamente tengo un deseo pequeño
Cuando florezco
Hay aire puro

Río fresco

Y rayo del sol brillante

2016.2.05

El Monumento Pintado

Alguna vez
en diferentes colores
Te han pintado los ojos
Te vacías
Representando un teatro como la vida
Cientos de posturas
Milllones de comportamientos elegantes

Al final con la postura humilde
Le quedan las imagenes que no se borran
No importa que haya sido brillante u oscuro
Todo regresa a la
Tranqilidad y la pureza

2017.1.10

Los Cerezos en Las Montañas

Traes una flor de cerezo
La insertas en un jarrón delante de las ventanas
llamando
Los cuentos en el valle

Ese año en las montañas
Mi soledad
Mira que los cerezos rojos florecen solamente
Y me invita a bailar
El vals del sol y del viento
gira
En las montañas verdes
Ah! cerezos
¿Por qué
No le haces caso al tiempo exterior
Y te insistes en la maravilla?

Estaba tan clara la escena

Que se me quedó durante diez años

De decaído

2017.02

Vida de la silla de bambú

Siéntate.

Vamos a preparar una tetera de té.

Y escúchame con atención.

La textura de la silla teje la vida.

Tengo A.D.N bueno

resistencia, dureza.

Puedo cargar varias cosas pesadas.

En la casa de lujo

experimento la alegría de un matrimonio nuevo.

En una casa humilde

Saboreo la dulzura y la amargura de la vida.

En el patio del templo del campo

recojo las mentes de los abuelos.

En el parque de las ciudades urbanas

llevo la amargura del vagabundo.

Tengo labios apretados. Y finalmente
los pongo en un cuadro.

Cuando me miras,
puedes recordar tu propia historia en el viento.

Traductor: Nuria Jui-ling Chien

La Reina de Yehliu

Con un corazón de peregrino
Te adoro

Las mejillas hacia el mar
Los ángulos de los cuales no dejas de cambiar
Tus hombros y cuello que van adelgazando
Ya no pueden cargar más relaciones de amor-odiar

Los cambios impredecibles
Te prueban el amor a este mar que nunca abandonas

2018.11

La Choza de Cazador

Los guerreros que estiran el cuello sobre el tejado
Miran las montañas majestuosas de Dios
Leyendo detalladamente los códigos que transmiten las nubes
Y guardan la casa

Ante las nubes
Que son velos que enrollan tiernamente
La choza de cazador es rica en sabiduría de aborígenes
Los jóvenes de tribu acuden a las ciudades
Con el fin de ganarse la vida
Nos metemos en la jungla
En busca de lo original del corazón

Entramos en el bosque destruido
Había algunos tribus obligados a moverse
A otro lado de las montañas
Todavía hay espíritus de antecedentes vigilando

Los dueños y las dueñas de la choza
Cuidan las antigüedades desde arriba
Y cuenta la historia y la inteligencia del pueblo
El poseedor inexpresivo, Duuano
Con las manos llenas de talentos del arte
Esculpe el alma que pertenece a Rukai (uno de los pueblos indígenas
de Taiwán)

2019.2

Las Semillas de Aiyu (una planta particular de Taiwán)

Las semillas de aiyu cedidos por Dios

Son pequeños como sésamos

Están duros por fuera y blandos por dentro

El corazón cuidadoso

Se deja con frecuencia

Solo con el agua rico de mineral

Le salen frotando

Las preocupaciones transparentes

2019.2

Plaza de La Paz

En las sendas marítimas de Hualien
Paso por el Puente de Aurora
Palomas brillantes
Guradan Monumento conmemorativo Paz 2-28
Bajo él hay buqués
Para conmemorar más de dos cientas víctimas de Hualien

La carta de despedida que desapareció más de 60 años
Por fin ve a la familia
¿Los documentos mohosos descodificados
Son capaz de rellenar lo vacío de la vida?

Vamos a tañer la campana de la paz
Dejamos que los tañidos resonen por el océano Pacífico
la primera campanda
Consuela a las almas inocentes calladas de 73 años
la segunda

A los familiares que pasan los días sufriendo

la terceroa

Piden que el sol destile la verdad histórica

Y que alivie a la multitud con corazón inquieto

2019.4

La Piedra Mira hacia El Mar

En la costa de la playa Qixingtan
Hacia el este que es el océano Pacífico
Cada día
Recuerda la primera aurora de la madrugada

El viento y la ola del mar vienen a hacernos la broma
Y dejan las huellas a nuestro cuerpo
El espesor de la historia
Va acumlando
Cada cara distinta

No tiene ganas de dar la vuelta hacia el oeste
Rechazando el otro lado del Estrecho de Taiwán
El ocaso brillante
Contamina
nuestras formas del arte
El rojo oscuro

2019.4

La Magia de Las Montañas

Un día nublado

Está un poco desesperado

La cordillera de Valle Huadong

Invita al mágico

Con la mano derecha

Las nubes

Con la mano izquierda

El río de las nubes

Con dos manos

Siguen saliendo las cintas coloridas de las nubes

Gritos sorprendidos

2019.4

Saoba

Los secretos y los mitos atraen a la gente
Los turistas que dan vueltas alrededor de mí
Me investigan la historia
Como un misterio
Sospechan cómo mueven tal piedra

Estoy en Satokoay
Le pregunto a la valle Hong,Ye
Todos los días
Ya pasan 3000 años aún sin la verdad
Como moáis en la isla de Pascua
Y Stonehenge en Inglaterra

El pensar directo no puede descifrar
La sabiduría humana que existía
Lo que puede manipular
Es la fuerza de la naturaleza

2019.4

Poestisa

Hsieh Pi-hsiu se graduó del Departamento de Ciencias Sociales de la Universidad Nacional del Aire y ahora vive en Kaohsiung. Después de retirarse del banco en 2006, hasta ahora se ha estado dedica al servicio social de organizaciones. Ella ganó el Premio de Poesía del Paisaje en 1978 y el Premio de Poesía de Literatura "Luz en la Oscuridad" en 2003. En la actualidad, es miembro de la Sociedad de Poesía Li (Bamboo Hat) and y la Asociación de Poesía Moderna de Taiwán. Sus libros incluyen "Poemas recopilados de Hsieh Pi-hsiu" (2007) y "Las chispas en la vida" (2016).

Traductora

Chin Yi

Taiwanés

Estudiando máster de departamento de Lenguas y Culturas Hispánicas, FJCU

- Traductor de INTERPORC de 2019 Taipei Food Exhibition
- Locutor de Radio de FJCU
- Intercambio de Erasmus 2017/9-2018/6 en la Universidad Católica de Ávila
- Traductor en el Festival Internacional de Poesía de Medellín

語言文學類　PG2417　台灣詩叢12

圓的流動
The Flowing of Dots・El Flujo de Lunares
——謝碧修漢英西三語詩集

作　　者／謝碧修（Hsieh Pi-hsiu）
英語譯者／戴珍妮（Jane Deasy）、戴茉莉（Emily Anna Deasy）
西語譯者／秦　佾（Chin Yi）
叢書策劃／李魁賢（Lee Kuei-shien）
責任編輯／林昕平、石書豪
圖文排版／楊家齊
封面設計／王嵩賀

發 行 人／宋政坤
法律顧問／毛國樑　律師
出版發行／秀威資訊科技股份有限公司
114台北市內湖區瑞光路76巷65號1樓
電話：+886-2-2796-3638　傳真：+886-2-2796-1377
http://www.showwe.com.tw
劃撥帳號／19563868　戶名：秀威資訊科技股份有限公司
讀者服務信箱：service@showwe.com.tw
展售門市／國家書店（松江門市）
104台北市中山區松江路209號1樓
電話：+886-2-2518-0207　傳真：+886-2-2518-0778
網路訂購／秀威網路書店：https://store.showwe.tw
國家網路書店：https://www.govbooks.com.tw

2020年9月　BOD一版
定價：260元

國家圖書館出版品預行編目

圓的流動The Flowing of Dots.El Flujo de Lunares :
謝碧修漢英西三語詩集 / 謝碧修著 ; 戴珍妮,
戴茉莉英譯 ; 秦佾西譯. -- 一版. -- 臺北市 :
秀威資訊科技, 2020.09
面 ; 公分. -- (語言文學類 ; PG2417) (台灣
詩叢 ; 12)
BOD版
ISBN 978-986-326-835-2(平裝)

863.51 109010775

讀者回函卡

感謝您購買本書，為提升服務品質，請填妥以下資料，將讀者回函卡直接寄回或傳真本公司，收到您的寶貴意見後，我們會收藏記錄及檢討，謝謝！
如您需要了解本公司最新出版書目、購書優惠或企劃活動，歡迎您上網查詢或下載相關資料：http:// www.showwe.com.tw

您購買的書名：________________________________

出生日期：________年________月________日

學歷：□高中（含）以下　□大專　□研究所（含）以上

職業：□製造業　□金融業　□資訊業　□軍警　□傳播業　□自由業
　　　□服務業　□公務員　□教職　□學生　□家管　□其它____

購書地點：□網路書店　□實體書店　□書展　□郵購　□贈閱　□其他

您從何得知本書的消息？
　□網路書店　□實體書店　□網路搜尋　□電子報　□書訊　□雜誌
　□傳播媒體　□親友推薦　□網站推薦　□部落格　□其他________

您對本書的評價：（請填代號　1.非常滿意　2.滿意　3.尚可　4.再改進）
　封面設計____　版面編排____　內容____　文／譯筆____　價格____

讀完書後您覺得：
　□很有收穫　□有收穫　□收穫不多　□沒收穫

對我們的建議：________________________________

____

____

____

請貼
郵票

11466
台北市內湖區瑞光路 76 巷 65 號 1 樓
秀威資訊科技股份有限公司 收
BOD 數位出版事業部

（請沿線對折寄回，謝謝！）

姓　　名：＿＿＿＿＿＿＿＿＿＿　年齡：＿＿＿＿　性別：□女　□男

郵遞區號：□□□□□

地　　址：＿＿＿＿＿＿＿＿＿＿＿＿＿＿＿＿＿＿＿＿＿＿＿＿＿＿

聯絡電話：（日）＿＿＿＿＿＿＿＿＿＿＿＿（夜）＿＿＿＿＿＿＿＿＿＿＿＿

E-mail：＿＿＿＿＿＿＿＿＿＿＿＿＿＿＿＿＿＿＿＿＿＿＿＿＿＿